趙明強畫集

A Portfolio of Zhao Mingqiang's Painting

知音出版社

趙明強簡介

　　趙明強先生，祖籍江蘇‧江都人，1957年出生於台北士林芝山岩，少年時期即隨長兄學畫水墨蘭竹，研習篆刻。後入快樂畫室，從梁丹丰教授學畫水彩。1979年畢業於復興崗學院藝術學系，1987年至1998年入華之盧從鄧雪峰教授研習水墨花鳥，並入金哲夫教授畫室進修油畫。曾舉辦中西畫個展20餘次。先後任教於復興崗學院藝術學系、西安美院中國畫系、中國美術研究中心、佛光會社教館。從事雜誌攝影、美術編輯工作多年。1993年獲中國文協水彩繪畫獎章及新文藝金像獎。現為台灣水彩畫協會、之足畫會會員，曾擔任新文藝金像獎、金獅獎西畫類評審。2004年畢業於西安美術學院國畫系碩士班，師承系主任張之光教授。2002年於西安美術學院中國歷代繪畫陳列廳及四川省錦陽市舉辦中西畫個展。作品《冬至》獲陝西省首屆花鳥畫展二等獎。出版有山隅寄情畫集、趙明強水墨花鳥畫精品集、趙明強水彩畫集、雲過青山油畫集、心情、漫卷忘言攝影集等。

2018 年攝於草山花草居

他突破了既往的觀念，以主觀真實的感受面對自然，但他不作自然再現，強有力的揚棄了瑣碎枝節，著力整體空間的塑造和繪畫本質面的探求。近作中尤見其中西之技法的融匯，兼收並取博而能精，這是他又一進境。‧‧‧‧‧‧‧‧‧‧‧(金哲夫)

雲過青山　4F　2018

碧色田野　15F　2018

小鎮晨光 6F 2010

日光・田野　15F　2007

草山遠眺 12F 2012

綠色擎天崗 25F 2018

淡江風情 8F 2018

綠色植物 30F 2012

藍色時光・淡水 6F 2018

東北角海濱 8F 2013

草山晨光　50F　2017

水滴・夜光 50F 2017

日光・淡水 8F 2018

市郊田野 15F 2018

淡水輕舟　紙板油畫15F　2017

淡江遠眺 8F 2010

關渡田野　100F　2010

霧染淡江　30F　2018

北海濤聲　100F　2018

蘭陽雨 15F 2015

海濱耕地　50F　2017

門前盆栽 50F 2015

伸展・百合 6F 2015

晨霧・擎天崗 50F 2017

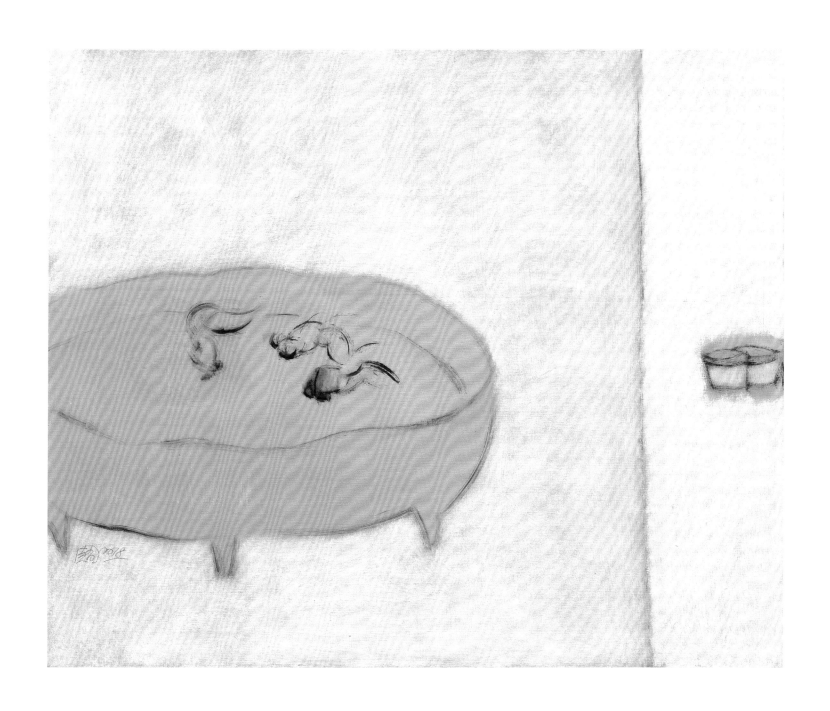

觀魚　25F　2018

淡水風景 4F 2018

淡水記趣　10F　2018

潮起潮落 30F 2016

趙明強畫集

作　　者	趙明強
發 行 人	何志韶
出 版 社	知音出版社
地　　址	106台北市大安區樂利路6巷5號2樓
電　　話	(02)2736-3188
傳　　真	(02)2378-7315
E-mail	jyin@ms31.hinet.net
郵政劃撥	01065802 知音出版社
出　　版	2018年8月
定　　價	800元
登 記 證	新聞局局版臺業字第1329號 ISBN 978-986-435-009-4 (平裝)